JN194917

わたしの骨格

沢木 遥香

目次

目次

わたしの骨格

二十五歳の肖像

水辺に腰かけて
糊づけされた証明写真を
ゆっくりと剥がした

色白の肌
意志が強そうな黒い瞳
濁った川の水面で
歪んだ笑みを浮かべ

漂っていく

二つ折りのA３用紙に
収容された二十五年
破いて
破いて
高く上げた手のひらから
花びらのように
こぼれ落ちていく

風が体の中を吹き抜ける
静かな葬儀に参列しながら
乾いていく髪の毛

滲んだ視界で
澄んだ空を仰ぐ
逃げ水のように不確かな
今日とか明日とか

脚本

生まれた時に
白紙の脚本を渡された

監督と名乗る人物は言った

〝これは自由にお絵かきをしていいし
破ってもいいよ
藍染めしてもかまわない

でも、僕は知らない
君のこころが
なにを感じ
君の足が
どこにたどり着くのか〟

高校生の時に
部活の先輩が笑って言った
あたしたちはゆとり教育の失敗作だ、って

受験戦争が落ち着いた頃に生まれて
卒業生が進学した四年生の大学を目指して
企業説明会では

美化された会社の説明を受けた

まっさらな脚本に
だれかが話した言葉を
ボールペンで書いていく

私はとても素直だった
本音と建前も
正しさの脆弱さも
深く考えることはなかった
企業パンフレットに掲載された人物の様に
自然と自分も成長するのだと信じていた

就職した企業では
出産後に復帰した女性がいることをアピールしていた
男性社員が家族サービスだと笑って定時退社していた
女性たちは子供のお弁当作りに保育園の送り迎えにお化粧に
回転速度を増すメリーゴーランドの世界を駆け回っていたけど
男性の前ではみんな笑顔だった

白紙だったページが賑やかになってきた
文字の最後にクエスチョンが増えた
自分の考えなのかだれかの考えなのか
判別の付かない言葉が溢れた
会社の外に出ると
空気が美味しかった

私は
どこに向かっているのだろう
この脚本の主人公は
だれなのだろう

監督と名乗る人物は
もうどこにもいなかった

安息

輪の中に入ろうとして
つまずいた
無表情な時計が
こちらを見る

見る
視線が絡み合う
ブーケトスで跳んだハイヒール

門出に
笑顔のシャワーが降る

笑顔
幸せのパッケージ化
恐らく大多数が送る生活の形を基に
誰かと生きることは素晴らしいと歌う
少数を排除していくマネキンたちの合唱

幸せ
誰かの幸せを自分に当てはめて
足りない部分を埋め立てた
ヒトトクラベナイコトガタイセツデス

看板に浮き上がる不自然な言霊を
スクランブル交差点に並べて
私たちは繰り返し踏み絵にした

不自然
ミンナチガッテミンナイイ
価値観が混在する駅のホームで
睨み合う他人たち
人間偏差値の饗宴を
ワンプレートに納めて思考の休息
細分化して複雑化した価値観の迷路から
抜け出せない焦燥感をなだめる

迷路

歩き疲れて足元のすり減った靴が言う
モウボクヲイジメナイデ
ごめんね
ごめんね
流す涙さえも
デトックスの為のトリガー
シュレッダーで刻んだ情報を捨てても
明日にはまた新しいニュースが襲ってくる

情報

求めれば求めるほど手に入る
その当たり前に、あぐらをかいて

よくばりな心に
深呼吸
ゆっくり、ね

深呼吸
曖昧な笑顔をチャームポイントに
一周回って
月曜日
ゆっくり、
息を吐き
そしてまた
深い水たまりの
不可解な安息に

欠けたヒロイン

序章

ネグリジェをまとった少女・ウェンディが
窓辺に寄りかかっている
あどけなさと母性を醸し出したヒロインは
夜空を飛びまわるピーター・パンの目に留まった
ピーター・パンはウェンディの腕をつかんだ
ネバーランドに行けば私は変われる

ウェンディは黄色い粉を頭から被り窓から飛び出した

暗転

物語が崩れ落ちていく
ピーター・パンの顔の皮がむけて
ピラニアの頭が現れる

ウェンディのたなびくブロンドの髪は傷んでいく
ウェンディの頬はこけていく
ピーター・パンは顔の皮が厚くなり
ウェンディの洗った洋服を着て
涼しい顔で人魚たちに囲まれていた

終わらない家事の単純労働
身体を突き出した願望の拠り所がない錆びだらけの世界
飲みたくない粉を飲み干して
隣で笑うピーター・パンの歯についた少女の腐敗臭

虚無

ウェンディは背が伸びて
ふっくらとした身体つきになっていく
ピーター・パンは玩具の剣を振りかざし
仲間たちと海賊を倒しに出かけていく

ＳＮＳの海が大きく口を開けて牙を覗かせるから
ここを出ていけない

ウェンディはワニの所に行って
私を飲み込んでほしいとお願いした
ワニはウェンディの目を見ずに
若い血肉がいい
と言い放ち
水の中から二度と戻ってこなかった

場面変わって、夜

ウェンディがネバーランドを旅立つ時

ピーター・パンはぐずりはじめた
〝行かないで、唯一無二の君
僕が君を永遠に守るよ〟
ウェンディは固く口を閉ざした

小窓から差し込む光が
洗いたての食器に舞い降りて
見慣れたお皿もお鍋も輝く
ある晴れた日の宝石を
ピーター・パンには教えまい

ピーター・パンは何事かをつぶやいて
ウェンディの気を引こうとしたが

ゆで卵の肌をした人魚に呼ばれて
海の方へ飛んで行った

序章

暗闇をウェンディは歩いている
少女の頃、
窓辺で見下ろした夜道は暗く沈んでいたが
今、
夜明けに向かう足でめくっていく夜道には
身体の一部が欠けた人が
ぽつりぽつりと歩いている

彼女たちはウェンディと目が合うと
意気揚々と駆け寄ってきて
欠けている腕や足を
嬉しそうに見せびらかすのだった

はしご

カメラを向けた時だけとびきりの笑顔を見せてくる友人が
お茶を注いだ時だけ誇らしげに私を見つめる指導教官と
同じ笑い方をする

人間の欲望は太陽にはしごをかけて
澄みわたる宇宙の静けささえも汚染していく
人間がはしごを一段登るごとに
拍手喝采が地上から響く一方で

宇宙のブラックホールは広がっていく

はしごに群がる人間の姿がテレビに映った
ゴムの緩んだズボンを履いた指導教官が
人類の偉大な進歩だと腕を組んで豪語した
擦り傷も筋肉痛も味わっていない指導教官のつむじが
目にちらついたので
私は天井裏のネズミにテレパシーを送った
壁の隙間から出てきたネズミが指導教官の足に触れると
指導教官は厚紙になってぱたりと床に倒れた

電気ポットの電源を入れて
リビングのソファに寝転がる

窓の外では隣家の子供達が走り回る声がして
はしごの重さで上方がつぶれた太陽の唸りが
庭に落ちて燃えている

お湯が沸けた
マローブルーの紅茶をカップに注いで
麗らかな休日の寛ぎを
くずさないように
つま先立ちでベランダに出た
空高く掛かるはしごのあちらこちらに
赤い顔をした人間がはしごを登っている
太陽の黄色い血が私の頬に垂れて火傷した

マローブルーの紅茶は少しずつ色を変えて
私の喉を潤す
太陽は半分までつぶれてしまった
唸りが空を覆う真っ赤な傘となり
私の家も隣家も街全体も燃えていく

燃えてしまえばいい
厚紙程度の想像力しかない私達は
高温で身体中の水分が蒸発しても
このはしごを降ろせない

燃えた街をブラックホールが吸い込んで
私達は消滅していく

なのにはしごだけは
空にぽつんと立っている

月

会社から帰宅して玄関を開けると
月が玄関マットの上にいた
電気を消した部屋はうつむいた月の明かりで
灯篭流しの川の薄明かりを思わせる

夜空が恋しいというので
月を冷凍庫に入れてみたら
ここはさむいと泣きだした

凍った月を電子レンジに入れて解凍する
ぐるぐる回る月は目を回し
電子レンジから飛び出してきた

スマートフォンのメッセージアプリを起動して
何もメッセージが来ていないことを確認する

透明なサラダボールにソーダ水を注いで
月を半身だけ浸からせる
クレーターの上で乾いた月の涙を
ソーダ水で流していると
私の目から涙が流れた

それは私の涙なのか
私の祖先が流した涙なのか
月は懐かしそうに
私の頬に触れるのだった

遠い昔
山あいの峠近くの家で
祖母と過ごした冬
ぷにぷにとしてやわらかいでしょ、と
祖母が私に祖母のかかとを触らせた
ほんとうだ、やあらかい
声は綿毛になって祖母の丸い頬にくっつく
祖母は私の足の裏を指でくすぐる

明るい声を弾かせると
縁側から真昼の月が目に入る
祖母の作った塩おにぎりを頬張りながら
半身が隠れた球体を
片手で作ったわっかに浮かべた

ソーダ水から出てきた月を
バスタオルにくるませベッドに寝転がす
私が入浴を終えて部屋に戻ると
月がアルバムを見たいと懇願する
この家にはないことを告げると
この家には何があるのかと聞いてくる

私は何も言えず
苦笑いをした

もう帰る、と
月がつぶやいた

どこへ？

咄嗟に投げかけた問いは
月に発したのか
私自身に発したのか
ベッドの上に並べられた虚無を月に見られて
うつむいた瞬間

私は自宅の玄関の前に立っていた

凍った空気に背中がひやりとした

振り向いて

アパートの廊下から夜空を覗きこむ

狼の毛皮のような空には

何も浮かんでいなかった

さなぎ

社員証を首にぶら下げて
エレベーターが下りてくるのを待つ

ほこりだらけの教会
扉に掛かった太い鍵
真っ黒な布を頭から被った司祭が
呪文を唱える教会の床に平積みされた懺悔の念

ノートパソコンを開く
パスワードを入力する
画面に広げたアプリケーションを操作して
鐘が鳴るまで太陽を見ることはなかった
聞こえる音はキーボードを叩く音とたまに笑い声
見えるものは円グラフとメールのメッセージと整備された数字の羅列
感じるものは暖房の強さだけ

長方形に伸びた天井
ステンドグラスの陰影
風が叩く教会の扉が軋む音
鳩の声が決して祭壇に届かないように
両手を合わせて目をつぶる司祭

固まった表情筋を指でほぐして
履き替えたサンダルで両足を伸ばす

噂話の咲いたカフェテリアには魔法陣が張り巡らされている
三日月の目で笑う獣が獲物を探して這いまわる昼間のオフィス

感じるものは教会の湿った空気だけ

おはじき

畳の上に並べた赤と青と黄色のおはじき
もうすぐご飯だよって呼ばれた

指で弾いたおはじきを日にかざすと
透明なガラスに混じる青いガラスが反射して
海の水面が揺れた

ハルチャン　ノ　オハジキ　キレイ　ダネ

男の人の声が頭上から降ってきて
畳にへばりついた頭を上げると
はじめて見た鬼の鋭い牙が日に透けた
のっぺりとした大きな手に覆われて
おはじきが部屋中に散らばった

おもちゃ箱から
羽根のついたピンクの剣をつかみ取り
息を止めた
目を閉じた
急所が見える
走り出して振りかざす
一撃で

切りさいた

ちらばったおはじきが
私の足元に集い色鮮やかに光る
足元がくずれて
私は押し入れに飛び込んだ
鬼の叫び声が地底からこだまする

あの日の出来事は
幼い頃の白昼夢だと思っていた

仕事場から帰宅して
鍋に火をつける

この世で誓った言葉のひとつひとつを
手でこねてお湯にそっと入れて
白玉を茹でる

茹でたての白玉を口に含むと
がりっと音がした
鬼の血が付いたおはじきで歯が砕けて
食卓は緊張感で溢れている

穏やかな生活がくずれていっても
やっていけないことはなかった
誓いがけずれていくその横顔を
書き記せば歴史にはなる

沈黙した誓いの瞬間を
スプーンで掬って
ゴミ箱に捨てた

鬼は外、福は内
福は外、鬼は内

ちらばったおはじきが
私の足元に集い色鮮やかに光る
私が声を発するのを待っている
キミハ　オカシイ　ンダ
鬼の声が私の口を塞ごうとする

どこかで道を踏み外しても
やり直せると言うけれど
表現する度にあざができて
その痛みでしゃがみこむ時に気づくのだ
流れ行く時代の渦中で
巻き戻しのできる時間なんて
ひとつもありはしないのだということを

手のひらのじゃらじゃらと鳴ったおはじきは
私の手から離れて
ベランダのガラスをつきやぶり
飛行機雲の伸びた空を
勢いよくとんでいく

記憶の熱

窓の外で
学校のチャイムが聞こえる

バイ菌と呼ばれた二階の教室
暗室の外で響くサッカー部の賭け声
ハート型の手紙で打ち明けた秘密

制服のスカートを折り曲げた少女の頃

世界を温めるのも冷ますのも
私以外の誰かだった

頬を緩めた父の笑み
発酵した記憶に埋もれて
今はいない父の大きな手が
私の頭をなでる

学校からの帰り道
同級生の鉄砲で汚れたカバンが
私を食べてしまう
噛みつかれた右足を引きずり
無表情に家のドアを開けた

食卓テーブルの上にある
父の置き手紙とおにぎり
父が握った固いおにぎりを夢中で頬張って
まだ生理が来ない子宮を
スカートの上からさすった

そうだ
私はまだ
新芽
父から栄養を吸収して
私の手足は伸びていく
傷ついても食べられても
伸びていく

窓の外で
談笑する少女たちの声が聞こえる

かつての父の寝室で
三十八度の熱を抱え
懸命に息を吐く

湧き上がる記憶の熱は
夜の闇に沈んでいき
震える私の肩を抱きしめる大きな手は
霞んでいく

壁に投影されたスクリーンの中で

父が立っていた
筋肉が落ちてやせ細り
人の形を留める限界の姿で
地面を指差して
咲いたよ、とつぶやいた

風鈴

簾を買おうか、と
父が尋ねるので
うん、そうね
と、棒読みで答えた
ついでに風鈴も見てくるよ、と
うちわを扇ぐ手を

忙しなく動かしながら
父が言うので

冷蔵庫の中のハムときゅうりを切って
そうめんを茹でて
待っていようと思った

近くのスーパーに向かう
後ろ姿を見送って
色気のない夏を
粛々とこなしていく

ガラスのお皿

二枚と
ガラスのコップ
二つ
夏にしか使わない食器たちを
テーブルに並べて

盛り付けが終わるタイミングで
汗だくの父が帰ってきた

炎天下の道を歩いてきた
真っ赤な顔は
少年のようだった

左手には
簾と風鈴
右手には
アイスが二本

テレビから流れる最高気温の更新情報
喉を伝う夏の味
笑い皺が年々深まる父の
蝉だけが反応するダジャレ

ちりちりりりん
りりりりん

風鈴に描かれた金魚が
ベランダを抜け出して
真夏の空を泳いでいる

かたつむり

郊外で生まれ育った私は
都心部の街中にいる人々の
洗練された眼差しに怯えていた

小さい頃
休日は原っぱでバドミントンをして
地元の産業祭りでお楽しみ箱を買ってもらい
長期休暇はキャンプや福岡の親戚宅で過ごした

その頃の私には
足りないものはきっとなかった

大学生になり
新宿や渋谷に繰り出したものの
服装や髪型も流行についていけなかった
歌舞伎町界隈で男性に声をかけられている友人の隣で
ビルの向こうにそびえ立つ
山々の蜃気楼を眺めていた

縦横無尽に交差点を駆け抜ける流星群
早送りした洋画みたいに流れていく会話

首や腕で揺れているアクセサリー

彼らは色々な場所から上京して
最先端の持ち物をもって
目まぐるしく移り変わる街の経済を回している

その勢いについていけなかった私は
雨の日のかたつむりと一緒に
ひっそりと紫陽花に身を隠して
一眠りしたいのだった

風の日記

サイクリングロードで
見覚えのある
初老の男性が歩いていた
去年の秋頃に隣県の山道で
疲れた足を引きずって
歩いていた人だ
僕が通り過ぎると
涼しそうな顔をしていた

懐かしくて
地面の空き缶を
カラカラと転がしたが
彼は見向きもしなかった

つまらないなあ
どこかへ遊びに行こう

形のない僕は
どこにでも飛んで行ける

町はずれの小さな工場

敷地内の駐車場で
作業着の男性二人が
キャッチボールをしている
重たいボールを運ぶと
彼らの声が弾んだ

〝風が気持ちいいですね。今日は早く帰りますよ〟
〝おう、もうそろそろか〟

汚れた水色の作業着が
太陽の下で光る

マンションのベランダで

鉢植えのゼラニウムを見つけた
部屋着姿の女性に
人差し指でそっと触れられて
細い茎を
嬉しそうに揺らしている

土の中で生きるゼラニウムに
優越感と
羨望

ゆうやけこやけのメロディが街にこだまする
オレンジ色の空が人の内側を剥き出しにする前に
僕は今日の寝床を探しに彷徨う

潮の匂いがする
病院の窓辺
横たわる女性の腕で泣きじゃくる
生まれたての赤ん坊

これから君は
どんな人になるの
僕はそっと
赤ん坊の頬に触れた

カシャン

古びた一眼レフのシャッター音がして
一人の男性が
レンズ越しに笑う

はじめて
人と
目が合ったその瞬間
僕は茜空の一部になって
彼らを染め上げたのだった

家を灯すもの

幻想の水溜まりに浮かんだ暖かな家で
あなたが笑っている
憧れのカウンターキッチンに並べた調味料たち
家を包むやさしい灯り

少しずつ
水溜まりが波立つ
二人の会話が滞る

カウンターキッチンからリビングを眺めると
スマートフォンを操作するあなたの横顔が
見知らぬ人に見えた

夕暮れ時
夜の足音が忍び寄る街には
真夏の日差しが無知な顔をして
アスファルトに貼り付いている
一人分の影を引き連れて
エアコンの効いた本屋に駆け込んだ
手にした雑誌の文字は
私の身体を通過していく

まだ明るい夜の帰り道
家が近づくにつれて
伸びた影が重たくなる
高架線の下で立ち止まり
家の方を見ると
灯りが点滅していた

手足と唇を
柳の木のようにだらりと垂らして
玄関の扉を開ける
あなたはつり上がった宇宙人の目をして
黙々とご飯を食べている

あなたが玄関に立ち
目だけが人間に戻っている
あなたの身体から
ホタルのような光が剥がれて
夜空に飛んでいく

そうか
二人で
灯していたんだね

真っ暗な夜に素足をつけて
私は垂れた枝を
揺らした

砂粒

地平線の小船に呼びかけた砂浜で
足元の砂粒は屍となり
夕暮れの水面は赤く燃える

そっと飲み込んだ言葉が毒素となり
身体中をガスで満たした
膨れ上がるお腹を両手で押さえた私の隣に
もう一人の私が立っている

もう一人の私は針のついたパンプスを履いて
砂浜を走っていく

屍が呻き声を上げると
太くて大きな地響きが水面を揺らした

いつからか言わなかった言葉が
文字になった
ペンに力を込めて
目の前の砂浜から目を背けた
磨り減った下半身を海水につけないように
屍を直視しないように
ノートに目を落として

遮断した私の青春が宙を舞う

見えなくなっていく小船に呼びかける
声は枯葉となり口から砂浜に落ちていく

灯台から一筋の灯りが見える
灯りだと思ったけれど
目を凝らして見ると長い針だ
針は地面と平行に地平線の先へ伸びていく
もうひとりのわたしが
灯台の真上に腰かけ笑っている

ゴムの匂いがする屍の上に

枯葉が覆い被さり
私の唇が乾いてもなお
枯葉が私の中から流れ落ちる

屍が私の足に手を伸ばす
呻き声が掠れていく
屍は湿った舌で私のくるぶしを舐める

私は足で屍を蹴飛ばして
岩の上に置いたリュックサックから
ノートを取り出した
文字を書き起こすと
枯葉が鮮やかな緑色の葉になり

屍が青い血を流して
海水に流れ込んでいく

バスが海沿いの道路のカーブを曲がって
こちらに向かってやってくる
私は裸足のまま
バスに向かって走り出した

真夜中の方丈記

〝ゆく河の流れは絶えずして、
しかももとの水にあらず〟

永遠はないよとあなた
そうだねとぼく
ベッドの上で見つめ合い
頭を柔らかく
二人は体を解き放つ

お互いに少しずつ触れて
混ざり合う二人
特別はいらないよとぼく
特別になりたいとあなた
足が交差しても
心は平行線の二人

トンネルの先に知らないあなたがいて
奥の方であなたの赤い実がはじけた
焦らしてそっと刻み込んで
針のない時計が僕らを誘う

甘いバニラの香り

ツタの間をすり抜ける吐息
風船と花びらがあふれる草原で
雨水が大地をほぐすように
太陽が蕾を呼び覚ますように
ぼくを包み込んで…

頂にたどり着いて
獣の額を伝う汗が
泡になった人魚の涙と交わる

汗ばんだ髪の毛を
細い指を
首筋の匂いを

とどめることは
できやしなくて
繋いだ手の
やわらかな感触も
水に流れて消えていく

隣にいてねとあなた
ここにいるよとぼく

あなたは寝息をたて始める
ぼくは赤子のように丸まって
あなたの輪郭を覚えようとするが
久しぶりの穏やかな睡魔にくるまれて

瞼は重たくなる

〝よどみに浮ぶうたかたは、
かつ消え、
かつ結びて、
久しくとどまりたる例なし〟

さざ波の接吻
朝を告げるアラームのワルツ

触れるたびに増していく欲望も
ありあまる優しさも
あなたのぬくもりも

すべていとしくたおやかに
一炊の夢になりにけり

透明

奥の部屋を浸水するだけならば
今すぐあなたの顔に目隠しをして
私の歯形を思い出すように
噛みついてしまうのに

私は
あなたの咥えた煙草の先端
あなたの喉を潤したビールが注がれていたグラスの縁

あなたの濡れた髪を乾かした無地のタオル

記念日はきえていた

私は
あなたが見上げた特徴のないビルの一つ
あなたが通った並木道
あなたがくつろいだ部屋のソファ
あなたが召し上がる女の口紅

開かなくなった鍵穴があなたの声

ふれるほどに

私はあなたの一部になり
ふれるほどに
あなたの前で透けていく

時の風

風の強いある日
ミーコは大事な人を失った
同じ頃
ミケも大事な人を失った

ミーコは決めた
運命の人に巡り合ったらいつまでも一緒にいようと
ミケはうなだれた

確かなものなんていらないと

新緑深まるある日
ミーコとミケは街ですれ違った
その時の風は生暖かく
二人は時を遡る感覚に襲われた
まるで昔から知っているようにお互いの顔を見つめ合った

展望台の上
古びた喫茶店のソファ
川沿いの散歩
二人の時間が積み重なり
ミーコはミケの肩にもたれた

ミケとミーコはお互いの弱い部分をなめ合って
暖かな毛布をまとい眠った

季節は駆け巡り
ミーコは翌年のカレンダーを飾った
隣のミケはいつもと変わらず
翌朝枕元からいなくなっていた

ミーコは彫像になって家を出た
ミケとはじめて出会った階段を
ごりごりとした固い手でなぞる

その時風が吹いた

懐かしい匂いがした
ミーコは家に飛び帰って
ノートに文字を書き連ねた

ミケは誰にも捉われず
一瞬の風向きに沿って旅をする
生暖かい風に乗って
ほんの一瞬ミケと通じ合ったミーコの春は
洗いたてのシャツと一緒に過ぎ去った

喫茶店は老朽化で閉店した
ミーコは新しい街で暮らし始めた

生暖かい風が吹く夜
ミーコは時々ノートを開く
ページを捲る度に
蒼く彩られた風が
ある時は桃色に色づき
ある時はオリーブの色をして
ミーコの髪を
やさしく撫でていく

水脈

ある日電車に乗っていたら
窓の向こうの荒川が洪水していたので
吊り革を握る手が震えているうちに
私は風になった

水と水が手を取り合い
奥入瀬の渓谷に繋がっていく
揺れる新緑に見守られて

鮮やかな水の合唱が地面を飛び跳ねる

空を伝って
尾道の坂の上から海にふれた
穏やかな波音が響けば
しまなみ海道の島々が手を繋いで歌いだす

門司港を渡り
長崎のグラバー園で雨に会う
かつてここで生きた人々と
呼吸を合わせるように
雨水は石畳につもった時間をとかしていく

生きていく日々の淀みが
私の水脈をふさぐ時
私は風になる

水は
淀んでいく私の水脈を
なぞるように口づけた

車内のアナウンスが停車駅の名前を告げる
私はペットボトルの水を口に含んで
各駅停車に乗り換えた

瑞々しい水が水脈をながれていく

りんご半分、明日の分

履歴書の一枚目がきれいに書けた
窓辺にすきま風
夜が深まる六畳の住処
証明写真のクマを消したら
肌の白さが際立った

小腹がすいて
貰いもののりんごを剥く

青い素肌
りんごはりんごになったのだ
私は何になるのだろう

りんご半分、
切り分けて
ぱらぱら
塩を染み込ませる

残りのりんごは
明日の為に

ぱらぱら

塩をまきながら
明日の私に
期待する

歩むひかり

道端で
一片の骨に会った
触れてみる
ごつごつとして固かった

歩き出すと
骨がついてきた
手招きして肩に乗せると

骨は弾むように
鼻唄をうたった

人々が集積する街で
骨が私の肩から降りた
寄るところがあると言う

骨を見送り
ビルが立ち並ぶ通りで立ち止まった
新緑も柔らかな思い出もないこの街で
等価交換の市場に並べられ
飛び出しそうな一人称を
私は鎮めていく

だから
骨は固くなるように
たくさん歩く

健脚だった祖父は
つぼに入りきらなくて
逞しいひかりを残していった

今、私も
歩いていく
青空の下を

『二十五歳の肖像』……ユリイカ二〇一五年三月号「今月の作品」

詩集　わたしの骨格

二〇一九年四月三十日　発行

著　者　沢木　遥香
発行者　知念　明子
発行所　七　月　堂
〒一五六―〇〇四三　東京都世田谷区松原二―二六―六
電話　〇三―三三二五―五七一七
FAX　〇三―三三二五―五七三一
印刷製本　渋谷文泉閣

Printed in Japan
ISBN 978-4-87944-371-7　C0092